Keep your smile

半身麻痺になってしまった女の子が綴る、
ハッピーでいるための15のコツ

momoちゃん

文芸社

はじめに

人って、本当に不思議だと思う。

楽しい時は一瞬で過ぎてしまって、自分が恵まれていることに気づくことはなかなかできない。それなのに、悲しい時はすぐに暗闇に取り残されたかのように、悲劇のヒロインになってしまう。

でも、暗くて長いトンネルを抜けた時、人はやっと日常にころがっている多くの幸せに気づくようになれるんだと思う。

そう思うと、悲しい出来事も悪いものではないのかもしれない。

私は病気になるまで、何も考えずに毎日を生きていた。

なんの不自由もない日々。幸せだなぁ、と改めて実感することもなかった。

興味があることといえば、ファッションや、メイク、スイーツなど、ティーン雑誌で目にするようなことばかり。人からかわいく見られたいとか、毎日そんなことばかり考えて生きている、普通の女子高生の一人だった。

17歳で突然、病気になって、左半身が麻痺《まひ》してしまってから、運命が一転した。

おそらく私は、周囲からかわいそうだと思われたにちがいない。

でも、悲しみのどん底に落ちることはなかった。

自分がこんなにもまわりから愛されていて、時には、人から必要とされることもあるんだ、という「幸せ」に気づくことができたから。

今まで知らなかったことに、たくさん気づけたから。

身体の自由は半分奪われたけれど、心はその何倍も自由になった。

だから私は病気になってから、「幸せ」って言葉をよく使うようになった。

もちろん、毎日つらいリハビリをしているし、あきらめなくてはいけない夢もあったし、将来の不安だってある。だけど、たくさんの人に支えられ、愛されていることへの感謝の気持ちが、自然に私を笑顔にさせてくれる。

そんな私を見て、「どうして明るくいられるの?」と、尋ねてくる人たちもいる。

今では、同世代だけでなく、年の離れた大人からも、悩みを相談されるようになった。

それは、病気になる前ならあり得なかったこと。

ちょっと前までは、何も知らない女子高生だったけど、今では人に伝えられることもあるような気がしている。


人生の困難にぶつかって、どうしていいか悩んでいる人の助けになることがあるかもしれないから。

だれかのために生きられるって、とてもうれしいことだから。

今この本を読んでくださっている、あなたの役に立つことができますように。

2018年9月　momoちゃん

CONTENTS

Chapter 01

その日は突然に…

Keep your smile

人生はいつ、どこで、なにが起こるかわからない

「私」が「私」であるというのは、どういうことだろう?

「私」とは心のこと? それとも、身体のこと?


あの時、私はその両方を失っていた。

心は戻ってきたけれど、気づけば、身体は半分動かなくなっていた。


2015年4月1日の高三になる直前、私は地元の佐賀から東京に遊びに来ていた。

「東京に遊びに行きたい」とわがままを言って、親の反対を押し切って、友だちと2人で吉祥寺にいる5つ上の姉の部屋に泊めてもらったのだ。

数日間、これでもかというほど遊びためてから、受験シーズンに入るつもりだった。

とにかく私は、やりたいと思ったことは、実行に移さないと気が済まないタイプ。

昔から、それは変わらない。


でも、私の思っていたようにはいかなかった。

その出来事が起きたのは、東京に来て3日目の朝。

前の日はディズニーシーを満喫したので、その日は吉祥寺をぶらぶらするつもりだった。

朝8時、まだ静かな部屋。敷き詰められたお布団の間を、足音を立てないように、ひっそりとトイレに行った。

まだ早いので、二度寝でもしようかと思った時だった。

突然、ひどい頭痛に襲われた。

「ヤバイヤバイ、死にそう！」

直感でそう思うほどの、激しい痛みだった。

「お姉ちゃん、頭痛薬取って……」

私は痛みに耐えながらも、何とか声を発した。

「やだよ、自分で取りなよ」

寝起きのお姉ちゃんの面倒くさそうな声。

私がいつもふざけてばかりいるから、単純にこき使おうとしていると思ったのだろう。

あとから聞いた話だが、私はそれから、その場に倒れて痙攣《けいれん》し始めたという。

様子がおかしい私を見てお姉ちゃんは地元の母へ電話をした。母は的確に「急いで救急車を呼びなさい」と指示をしたと聞いた。

その後、私が自分が自分であることをはっきり認識できるようになったのは、1カ月も先の話だ。


検査をしてわかったのは、これが単なる頭痛ではなかったということ。

「脳動静脈奇形による破裂」という病気による脳出血だった。

私の脳内にある血管の一部に、毛玉のような塊があって、そこから出血してしまったらしい。


私には、それまでもよく頭痛があった。

家族から病院に行くことを何度も勧められていたので、一度MRIを撮ったこともある。

でも、その塊は奥深いところにあったせいか見つけてもらえず、異常なしという結果だった。

私自身も「頭痛くらい、たいしたことない」と、それ以上は気にしなかった。

結局、奇形があることが判明していたとしても、手術するにはリスクが高い場所だから、何も起こらないことを祈って見守る、という選択になっていたらしい。

だから、いずれはこうなる運命にあったのかもしれない……。


思い返すと、あの日、わがままを言って、お姉ちゃんのところに来てよかった。

実家のひとり部屋で倒れて、見つけてもらうのが少しでも遅れていたら、私はこの世にはもういなかったのだ。


「人生はいつ、どこで、なにが起こるかわからない」とは、このことを言う。

とにかく、起きてしまったことは仕方ない。

あの日から、私の新しい人生が始まったのだ。

夢と現実のはざまで

突然の出来事から、私が意識を取り戻すまで、3日かかったらしい。
意識が戻ってからも、約1カ月間のことはほとんど覚えていない。
生きてはいるけれど、私は私であることがわからなかった。
朦朧《もうろう》とした中で、これが夢なのか現実なのかもわからなかった。
だから、私は、夢を見ていると思っていた。
長いながい、終わりのない夢……。

なんとなく意識が戻ってきた。そして、初めに思ったのは、身体が思うように動かない、ということだった。
なぜか、動かせるのは右手だけ。

左手は針だったり、心電図だったり、いろんなものがくっついていて、それを右手で触って、確かめたのを覚えている。

おしっこの管もついていて、まったく動けない状態だった。

ぼんやりとしながらも、身体にいっぱいついている不快なものを取りたいという気持ちから、動かせる右手でやたらめったらそこら中に付いているものをはずした。

気づけば、右手は大きな手袋で覆われ、動かないようにベッドにくくりつけられていた。

夢と現実のはざま。

子どものころから、やんちゃだった私は、そんなメチャクチャなことのほかにも、病院の人を困らせることをたくさんしたという。

ギャーギャーわめいたり、泣きながら「触らないで！」と先生をたたいたり、大変だったらしい。

縛られて、拘束されている夢の中だと思っていたのだろう。

私って、どうなっているの？

いつになったら、この嫌な夢から覚めるの？

早く夢から覚めて、自由な身体に戻りたい。


けれども、その夢は覚めなかった。

夢から覚めても、左半身が麻痺《まひ》したままだった。

受け入れがたいことに、その夢は現実だったのだ。


私は、倒れた瞬間のことを思い出した。

きっと、あのまま入院したのだろう。ちょっとずつ周りの状況が、わかるようになってきた。毎日家族の声が聞こえたので、地元の佐賀にいるものだと思い込んでいた。

けれど、そこは遠く離れた、東京の武蔵野にある総合病院だった。

朦朧《もうろう》としながらのリハビリ

まだ朦朧《もうろう》としている中で、「ここがどこかわかりますか?」と質問した看護師さんに、私は「バッティングするところ」と答えていたらしい。

それから、お姉ちゃんはずっと一緒にいてくれたのに、「お姉ちゃん、どこにいるの?」という質問には、「いとこの家」という回答だったと聞いた。

唯一、流れてきた音楽を聴いて、「アリアナ・グランデの曲だ~」とだけはわかっていた。

発症して6日ごろには、突然英語でしゃべり始めたそうだ。ちなみに私はインターナショナルスクールに通っていたし、留学経験もあるため、もともと英語はしゃべれる。

「Everything every time everywhere, always thank you mommy.(いつもありがとう、お母さん)」と言ったり、鼻のチューブが気持ち悪くて、取ってほしいときに、

「Excuse me.（すみません）」

「Serious！（ほんとに！）」

「Please take off my nose tube.（鼻のチューブをとってください）」

とか、目を閉じながら叫んでいたらしい。

2カ国語を話せた人が病気になって1カ国語を完全に忘れたという話を聞いたことがあった私の家族は、このまま英語しかしゃべらない子になるのかな、と心配したようだ。

私はというと、なかなか思いを伝えられないことから、頭の中できっと「ここは日本語が通じないところ」と思って英語になっていたんじゃないかな、と今振り返って思う。

そんな状態だったし、術後からずっと38度～40度の熱があるにもかかわらず、しばらくしてリハビリが始まった。

脳や身体機能が衰えないように、車椅子に座ったまま、立ったり座ったりの練習をさせられていた。とは言っても、ベッドから車椅子に移動するのも一苦労で、2人の看護師さんに介助されながら、どうにか座ることができる程度。

さらに、座ることができても、ずるずると下にずれてしまうほどバランス感覚も筋力も失っていた。

言語聴覚のリハビリでは、毎日、単純なことばかり聞かれた。

「今日の日付はわかりますか？」

「ここの病院の名前は何ですか？」

子どもでもわかるような質問なのに、その時は、必ず答えられるわけではなかった。

目覚めたあとの世界

完全に意識が戻った瞬間を、不思議なことにはっきりと覚えている。

あれは入院してから約1カ月後、シスターが福岡からお見舞いに来てくださった時だった。

それまでボヤボヤした世界の中にいた私だけど、その時は「あっ、シスターが来てくれた！」とすぐにわかった。

その優しい顔を見たその瞬間に、私は私であるということを取り戻したのだ。

シスターは、私が通っていたミッション系の小学校でお世話になった保健室の先生。

当時の私はとても繊細《せんさい》で、教室の中に自分の居場所を見つけられず、よく保健室にいた。

学校の先生や家族みんなを、ほんとうに心配させたと思う。

そんな私のそばに、「ももちゃんのしたいことをしましょう」と言って、寄り添ってくれていたのがシスターだ。おかげで毎日を過ごすことができたのだから、感謝してもしきれない。

私はまだうまくしゃべれなかったけれど、シスターに会えたことで、とても安心した。

その後、私の頭は一日ごとに少しずつはっきりしていったけれど、顔の麻痺《まひ》があるためにまだ言葉がうまくしゃべれなかった。話せているつもりでも、頭の回転は遅いし、おまけに口をしっかりと閉じることができないのだ。

すぐに怒ったり、笑ったり、感情的になりやすくなったりするのは、「高次脳機能障害」というらしい。脳の損傷部分によって異なった症状が出るそうだ。

私の場合、もともと喜怒哀楽《きどあいらく》がはっきりしたタイプだけど、それがもっと激しくなってしまった。

たとえば、泣くのをやめたいのに、泣き続けることもあった。

感情をコントロールできないのだ。さらに、泣き続けている自分に悲しくなって、また泣いてしまう。

泣く理由は、いつもちょっとしたことだった。

食べたいお菓子がないとか、お見舞いに来てくれた人が帰るのが嫌だとか。

がんばってトイレまで行ったのに、結局何も出なかった時にも、泣いた。


あと、驚いたのは、笑いのつぼが浅くなったことだ。

お姉ちゃんがくだらないことを言うだけで、笑いが止まらない。

食事中だと最悪。目の前にいるお姉ちゃんに、口の中のものを吹きかけてしまったことが何度もある。今となっては、私の正面の席は危険だと、家族の中でブラックジョークになっているほど。


私はまったく覚えていないけれど、お母さんのメモを見ると、そのころの状況がよくわかる。

4月7日（5日目）
ももちゃんが水が飲みたいと言ったので、ほんの少し水をあげたら、むせてとても危険だった。水をゼリー状にして、スプーン5口。
左側から漏れる。

4月9日（7日目）　熱40度
初めての食事（流動食）。
ベッドをリクライニングして、自分でスプーンを持って食べる。
ペースが速く、たくさん口に入れてしまう。

4月10日（8日目）　熱39度
車椅子に乗せた。姿勢がきつくて数秒が限界だった。

4月15日（13日目）
やっと熱が下がった。午前、午後リハビリがんばる。

「トイレに行きたい」ときちんと言える。

4月16日（14日目）
食事完食。いつも食欲があるので安心。

4月21日（19日目）
一日、穏やかに過ごせた。
今日から間食してもよいと言われる。
柔らかいプリンやゼリーを食べる。おいしくて涙。

4月23日（21日目）
意識がしっかりしてきた。
リハビリも集中してやれるようになる。
夜も薬を飲まずに寝る。

4月27日（25日目）
足に装具、手は四脚杖《づえ》。
ぐらぐらしながら、一歩一歩支えてもらいながらの歩く練習が始まる。

4月28日（26日目）
今日から言語のトレーニングが始まる。普通食になる。

4月29日（27日目）
朝食がパンになったことを喜んでいた（レーズンパン）。

覚えているのは、入院して19日目。先生から病院食以外のものを食べてよいと言われて、コンビニへ行った時のこと。
当時は、自分の病室を出るだけでも許可をもらわないといけなかった。だから、ちがう階にあるコンビニへ買い物に行くだけでも、私にとっては大切な息抜きの時間だった。

そこで、お菓子とお茶を買った。その時、身体が欲していたものを直感的に選んだ。病室に戻り、ペットボトルのふたを開けてもらって（当時はまだ一人で開けることができなかった）何気なく飲んだ一口。その瞬間、ものすごく幸せを感じた。大袈裟《おおげさ》かもしれないけど、買ってきたプリンやゼリーを食べながら、涙してしまった。

それから、お母さんが、めずらしいチョコレートやマカロンを買ってきてくれた。私の容態がまだ不安定だったから、いつもは買わない贅沢《ぜいたく》なものを、なんでも食べさせたいと思っていたらしい。

流動食からようやく普通の食事になって、栄養バランスのいい献立を毎日食べられるようになったことは、ありがたいことだ。

でも、やっぱりガツンと味のついたものや、胃がもたれそうになるほど甘ったるいものを食べたいな、そう思っていた。

恋をして、毎日がドキドキワクワク

病院から出られない退屈な毎日の中でも、楽しいことがあった。
はじめにお世話になった病院に、かっこいい研修医の先生がいたからだ。
その先生に思いを馳《は》せることが、唯一の生きがいだった。
こんな非常時でも恋を忘れない私ってすごい……。

先生は20代半ばの研修医。その当時は、ほかのことには目もくれず、先生の話ばかりしていたので、お姉ちゃんには、かなりあきれられていた。
その時の私は手術後で頭の骨の一部を取り除いていたので毎日ヘルメット姿。麻痺《まひ》のせいで顔もひきつって腫れていて、まともに身体も動かせなかったから、ただ憧れることしかできなかったけど。

先生と初めて会った日のことは、今でもはっきりと覚えている。

その時の私は、とても長いカテーテル（細い管）を体内に入れられていたのだけれど、外す時には私の身体が動かないように、先生が押さえておかなきゃいけない力仕事があった。

それで主治医の先生だけでなく、研修医の先生も手伝うことになったのだ。

「頭痛くない？　枕、大丈夫？」

とても優しい声だった。

目が悪い私は、その顔を見ることができず、「だれだったんだろう」とずっと気になってしょうがなかった。その時から先生のことで頭がいっぱいだった。

でもうれしいことに、それからすぐ会うことができた。私の様子を見に来てくれたのだ。

声を聞いて、「この人があの…！」と、心の中がときめいて、ざわついた。

なんだかドラマみたいだった。

あとから知ったのだけど、先生はとてもモテていたらしい。研修医としていろんな病室を回る時、先生が来た病室の看護師さんは、態度が急に変わるのだとか。

でも私と先生は、単純に「患者」と「先生」というだけの関係。
それなのに、忙しい合間を縫って、先生は何度も病室に足を運んでくれた。
実際に顔を合わせると、話したいことがいっぱいあったはずなのに、何を話したらいいかわからなくなるほど、ソワソワしてしまった。

ここだけの話、退院する時にネックレスをもらった。使うのがもったいないと思うくらい、たまらなく幸せだった（ちなみに主治医の先生からも素敵な帽子をいただきました！）。

その病院は優しい人たちばかりで、私が退院する時には、担当してくださった方々総出で見送りしてくれた。

その日に仕事のない看護師さんも、わざわざ私の退院日に合わせて来てくれたほど。

先生や、看護師さんたちからの寄せ書きもいただいて、最後にみんなで写真も撮った。

長いこと意識が朦朧《もうろう》としていて、わがままな時や、暴言を吐いていた時もあったけれど、私はわりと人気者だったようだ。

色紙には、研修医の先生から「デートしよう」と書いてあった。

モテる先生だから、私に特別ってわけではないだろうけど、やっぱりテンションは上がった。

みんな、私を助けてくれてありがとう。

手術の備忘録、結果オーライ

ちょっとややこしい話になるけれど、私がどんな手術をしたか、詳しく書いておきたいと思う。

もしかしたら、同じような病気の人の参考になるかもしれないから。

私は、頭にメスを入れる大きな手術を計4回した。

最初、吉祥寺で倒れた4月3日の緊急手術は、頭の骨（右上あたり約15センチ）をぱかーんと開いて、脳内出血を止めるための手術だった（緊急開頭血腫除去術＋減圧開頭術）。また、脳動静脈奇形塞栓術を施行した。

午前中に病院へ搬送されて、手術が終わったのが夜の9時ごろだったから、半日をもかけて先生方ががんばってくれたことになる。

おかげで、私は死ななかった。

この手術が終わったあと、傷口は大きいし、ほかにチューブを差し込むための丸い傷がいくつもできて、骨の一部ははずされたままだったから、私は一日中ヘルメットをかぶることになった。万が一の衝撃に備えてのヘルメットだった。

はずされた骨は術後の腫れがひくまで保管して、あとから頭に戻すと説明されていた。自分の頭の骨が一部ないことを想像できるだろうか。

ヘルメットを取ると、骨がない部分はへこんでいて、私の頭は胚芽をとった米粒みたい。皮膚は自分のものなので感触はあって、触るとぷにぷにしている。先生からは触らないよう言われていたけれど、気になってしまい、こっそり触った。

それから5月13日に行われた2回目の手術は、頭の骨を戻す大手術になった。

手術中、念のためにもう一度検査をすると、脳内にまだ悪い物（脳動静脈奇形の残存）があったので、その摘出をし始めたら出血してしまったらしい。

そのため、予定より大幅に時間がかかってしまった。

朝の9時に手術室に入り、出てきたのは日付が変わった14日の夜中2時。手術の時間は17時間。生まれて初めて輸血も受けた。

術後、目が覚めた私は、涙ぐむお母さんや家族の様子から、事の重大さを知った。

2回目の手術から1カ月経って、ようやく容態が落ち着いたころ、佐賀に戻れることになった。

普通なら、飛行機を使って1時間半。でも大事をとって陸路を選んだ。新幹線だと、6時間かかる。

その時はまだ一人で立つことさえできなかった。

長い病院生活のあとで体力的に持つのかという心配事もあって、新幹線では多目的室という、ベッドが1台設置されている個室を利用した。

地元に戻った私は、リハビリ病院に転院したあと、回復に向けてのリハビリをがんばろうと意気込んでいた。

だけどすぐ、また手術が必要になった。

前の手術の傷口から菌が入って、膿《う》んでしまったからだ（術後創部感染症）。

リハビリ病院から県の病院に連れていかれた私は、「明日手術をします」といきなり重々しくお医者さんから言われ、そこでまた自分の頭の骨を外して、洗浄する手術をした。

そこから2カ月間、私の頭はまた米粒状態になったわけだ。


3度目の手術をすることになった時、また手術か……とショックで泣いた。

ようやく高校に戻れると思っていたのに、また数カ月延期になってしまったからだ。

これによって留年が確定。私はその後、入院していても勉強ができる通信制高校に編入することを決心した。

仲の良い友だちと一緒に卒業することができないことは本当に悲しかった。


一方、手術に関しては、変に慣れてしまったのか「手術なんて、なるようになる」と思えるようになっていた。

その時は脳の中を触るような手術ではなく、骨と脳の間にある脳膜も触らないので、「命の危険はない」と言われていたからでもある。

問題は、自分の頭の骨に菌が繁殖して、使えなくなってしまったことだった。

そこから3カ月後の10月20日に、自分の頭の骨とそっくりな人工骨を入れてもらった。この人工骨が自分の骨とうまくフィットしてくれたおかげで、ようやくヘルメット生活を卒業できた。

何度も頭を開いたり、閉じたり、骨を外したり、入れたり。脳はかなり入り組んだ部分でもあるから、もしかしたら死んでしまったり、寝たきりになったりするリスクは十分にあると言われていたけれど、結果として、今、生きている。

現代の医学ってすごい。先生、ありがとう。

よかった、よかった。

Chapter
02

NEW momo 誕生

Keep your smile

女の子でも、一度は坊主頭になるのもいいかもしれない

大変な手術を4回もして、私はなんとか生還した。

その後、左半身麻痺《まひ》の回復のためにリハビリを続けて、リハビリのために入院もして、これまで気付かなかったことに気付いたり、新しい出会いをたくさんすることになる。

このことで、私は、内面的に大きく成長できたと思う。


外見的なことで言えば、今現在、一見、普通に見えるらしい。

言葉を話すこともぜんぜん問題ない。

でもひとつだけ、大きく変わったことがあった。

手術の時に、坊主頭になったのだ。

さっきヘルメットのことは書いたけれど、骨を切り取るほどの手術では、もちろん髪の毛を坊主頭になるまで剃《そ》るのがふつう。

病気になるまで、私の髪は長かった。

長いほうが楽で、アレンジもできた。「手入れが大変だから短いほうがいいでしょう?」と言われるけど、私の髪の毛は扱いづらいから、短いとなにかと面倒だったりする。だから、長くしていたのもあるし、ロングヘアはかわいくて、お気に入りだった。

それを一気にばっさり切ったのだ。

実際、意識が戻って、坊主頭になった自分を見た時は、かなり驚いた。

ショックもあった。

でも、滅多にないことだと考えると、正直、おもしろいなとも思った。

それに何だかオシャレに見えて、わりと好きになった。

女の子は、手術以外で坊主頭になることはなかなかない。

その後の手術でも、「一部分だけ剃りますか」と聞かれた時、私は「全部剃ってください」と言った。

先生のほうが、抵抗があったみたいだった。

「本当に全部剃《そ》っていいの？」と確認された。

でも、半分だけ剃るなんて、むしろ格好悪い。


今ではもう、セミロングになっているけど、坊主頭のころの写真は私のお気に入りになって、今でも、ブログのプロフィール写真にしている。

何だか子どもみたいで、髪型をきめている自分よりも無邪気《むじゃき》に見える。

気取っていないし、気取りようもないから、にこにこ笑うしかない。

こういうふうに開き直って笑っているほうが人間、楽。

坊主頭になれたことは、今はどこか私の自信になっている気もする。

その後の私の生き方を代表してくれるような髪型。

また坊主頭にしようとは思わないけど、みんな、一度は坊主頭になるのもいいかもしれない。

ブログに秘められた可能性

この本のもとになったブログを書きはじめたのは、最初の病院から転院した時だ。場所が変わっても、それまでお世話になったみなさんに、リハビリをして回復していく姿を届けたいと思ったことがきっかけだった。

はじめは日記みたいにリハビリのことを書くブログだったけれど、思った以上に反響があった。

同じような病状の人が、治療やリハビリの参考にできる記事を検索して、私のブログにたどり着くことが多かった。

「勇気づけられました」

「ｍｏｍｏちゃん、若いのにがんばっているね」

そういうコメントを残してもらうこともあった。

「自分はサラリーマンをしていて、脳梗塞になって離婚をしたけど、リハビリを毎日がんばっています」

というのもあった。

書くことで、同じような病気の人とつながることができて、私のリハビリの様子や経験がだれかの役に立っていると知ることは、とてもうれしいことだった。

おまけにスマホだったら、右手だけで簡単に入力できるから、気軽に持続できた。


私は病気になったあと、長く沈んでしまった時期というのがない。

もちろんそういう日もあるけれど、長くは続かない。結局考えたってキリがないから、考えるのはやめて、楽しいことを考えるようにしている。

そこに共感してくれる人が結構いたのだ。


ブログはそのうち、自分のためだけじゃなく、読んでくれている人たちのために書きたいという気持ちが大きくなっていった。

メッセージをくださる方々の中には、ありがたい情報を教えてくださることもある。

「◯◯病院では◯◯というリハビリ法をやっているよ。気になったら行ってみて」

というように。

私はブログを始めることによって、性別や年齢がちがっても、みんなで通じ合うことができることを初めて知った。

何気なく始めたブログが、私の世界を広げてくれた。

人の役に立てる喜び

そのうち、私のブログはコメントだけでなくて、相談のメールももらうようになっていった。

頻繁に人生相談を受けるようになったのは、人間関係での一番の変化。

それまでは、友だちの恋愛の相談を受けることはあっても、困っている人の相談に乗ることはなかったんじゃないかな、と思う。


ブログを通して、こんな相談があった。

「息子が病気になって、あまり外に出たがらないのですが、どうしたら良いでしょうか?」


メールは短くて、その方の息子さんが何の病気かもわからないし、置かれている環境もあまり想像できなかった。

そんな時、私はただ自分の時のことを答えるようにしていた。

「私の母はよく私の左手をいたわってマッサージしてくれます。でも、心配してくれる気持ちが重く感じてしまうこともありました。何かしてあげたいなら、まずはその気持ちを伝えて、見守っていてほしいな、と私なら思います。必要な時にいつでも手を差し伸べられる環境を準備していたらいいのではないでしょうか」

本当なら、その息子さんが人の思いを汲《く》み取るタイプかとか、はっきりと意見を言えるタイプかみたいに、どういう子か知ってから、それにそった回答をしたほうがいいかもしれない。

それでも、救われました、とお礼の返事が来ると、私が病気になったこともちゃんと役に立つことのように思えてうれしい。

入院先で、「ブログのももちゃんですよね?」といきなり声をかけられたこともあった。

「娘が似たような病気で、調べているうちにたどり着いたんです。参考になることも多くて、なにより勇気が出ます」と。

病気に悩む読者さんからの声を直接聞くのは、その時が初めてだった。

私のブログが人の役に立っていることが実感できた。

それから、そういう声によって、私も救われているのだな、と思った。


ある時入院していた病院には、交通事故で入院していた10歳くらいの男の子がいた。

彼は、おそらく事故の後遺症で、感情をコントロールできなくなっていた。

ときどき話したり、ゲームをしたりするうちに、私のことを慕ってくれるようになったけれど、私が別の人と仲良くしているのを見ると、たまに「なんでぼくと話してくれないの？」と泣きわめいてしまうようにもなった。


彼はいつも車椅子に座っていて、身体が思いどおりに動かないことへのストレスが溜《た》まっていたのだと思う。付き添いのお母さんをたたくこともあって、よく困らせていた。

でも彼は、私のことをたたいたりはしなかった。

なぜなら、私と遊ぶのを楽しみにしていてくれたから。

彼のお母さんから、私が病気になった当初の様子を聞かれた時、私はこう答えた。

「私も感情をコントロールできない時期がありました。そういう時は赤ちゃんだと思って接してあげたらいいかもしれません。じゃないと、お母さんも大変ですよね。それから、ちょっと厳しいかなって思っても、ダメな時はダメと言ってあげたほうが、彼のためになると思います」

人それぞれ、いろんな環境下にいる。そしてそれぞれに感じる気持ちがある。

リハビリは大変だけど、そういった環境を知っている私だからこそ伝えられることがある、と私は気付くことができた。

今の私だからできることをしていきたい。

状況が変われば、物の見方が変わる

入院してから3カ月経ったころ、「とにかく外に出たい」その一心で、初めて外出許可をもらった。

当時はまだ一人で立ち上がることもできなかったので、車椅子のまま乗れるタクシーを利用して、母と姉と3人で出かけることにした。

久しぶりに吸う外の空気、青く広がる空。あの時の感動を忘れることはないだろう。でも、慣れない車椅子での外出は、想像以上にきつかった。

バリアフリーという言葉が身近になったように、大型施設では車椅子でも移動しやすい設計になっている。だけど、一歩外に出ると、コンクリートはでこぼこしているし、横断歩道の端には段差があるし、ときどき斜めになっている歩道もある。今までまったく気にならなかった場所も、車椅子で通るのには一苦労だった。

ただ座っているだけの私にとっても、身体にゆれが響き続けるのは、少ししんどい。でも、なにより車椅子を押すほうはもっと大変だ。つねに周囲を確認しながら、力を使い続けないといけないのだから。

途中、休憩しようと入った飲食店でも、スムーズにはいかなかった。テーブル席に案内されたのだけど、車椅子とテーブルの高さが合わなくて、お店の椅子に座り直すことになった。

もちろん、これには2人以上の人手が必要になる。まず、お姉ちゃんが前から私を支えてくれる。その間に母が車椅子と椅子を入れ替えて、完了。

車椅子は割と大きいので、限られたスペースで動かすのは難しそうだった。

病院では、車椅子に乗る私に配慮してもらえる環境が当たり前だった。

でも、外では当然だれも私のことなど眼中にない。

中には、親切に道を開けてくれる人もいるけれど、基本的にみんな自分のことに夢中だ。すれちがう時、目の前に来るまで私のことに気づかない人もいて、そんな時はすごくヒヤヒヤする。

一人で出かけられるようになった今でも、電車に乗る時は、毎回ちょっと不安な気持ちになる。

駅では、時間に余裕がない人が多くて、身体がぶつかることがあるからだ。

電車を乗り降りする時は特に怖い。乗ろうとした時に、急いで出てくる人にぶつかって、隙間に落ちてしまったらどうしよう、と考えてしまう。

普段は、優先席が近いドアから乗り降りすることにしている。その理由はもちろん席を譲ってほしいからだ。

杖《つえ》をついていると、代わってもらえることがほとんどだけど、世の中には、義足や人工関節、難病など、ぱっと見ただけでは優先席に座りたいと思っているかどうかわからない人がたくさんいる。

その人たちが自ら席を譲ってくださいと言うのは、かなり勇気がいることだと思う。だから、ヘルプマークがあるし、私は、基本的に優先席は空けておくべきだと考えている。

あまりに空いている時はもちろん例外だけど、もし座るなら、常に周囲へ意識を向けて、だれかが近づいた時に「席、譲りましょうか」と、一言声をかけるマナーが当たり前になったらと思う。


病気になる前までは、私もだれかを困らせてしまったことがあったかもしれない。

でも今はちがう。

自分だけの見方じゃなくて、もっとちがう見方をしている人もいるということに気づくことができたから。

※ヘルプマーク：外見ではわからないが、日常生活や災害時などで援助・配慮を必要としていることを示すマーク

ヘルプマーク
※本来は赤地に白い十字とハート

人の気持ちがわかると、行動が変わる

エレベーターに車椅子用のボタンがある理由を知っていますか？

座っていても押しやすいからだけじゃない。それ以外にも2つ理由がある。

1つ目は、ドアの開閉時間を長くするため。

車椅子用のボタンを押してエレベーターが到着した時、普通のボタンを押した時よりもドアが長めに開くエレベーターがある。ドアが閉まるスピードが遅くなるものもあるらしい。

2つ目は、鏡のあるエレベーターが優先的に来るようにするため。

いくつか並んでいる場合、すべてのエレベーターに鏡がついているとは限らない。だか

ら車椅子用のボタンが押された時は、優先的に鏡付きのものが到着するような仕組みがある。

でも鏡って、身だしなみのためなんじゃないの？　と思う方が多いかもしれないけど、実際は、車椅子利用者がせまい空間で後ろ向きのままでも、安全にエレベーターを降りることができるように設置されている。

実は、私はエレベーターに嫌な思い出がある。

車椅子で外出した時、結局20分も待ったことがあるのだ。

車椅子の場合は、少し空いているくらいでは乗ることができない。ある程度の空間があるエレベーターが来るまで、いつまでも待つ必要がある。

ベビーカーで同じような経験をした人もいるかもしれない。

歩けるようになった今では、なるべくエスカレーターを使うようにしている。車椅子の人の気持ちを思うと、申し訳ない気持ちになるから。

でも、右手しか使えないし、手すりを使っていないと不安定でちょっと怖いから、右側に立ってしまって、後ろから歩いてくる人に嫌がられる時がある。お姉ちゃんといるなら、手を借りて左に移るようにしているけど。

そんな時、エスカレーターの右側を歩く文化がなくなればいいのにな、と思ったりする。

恋愛は、大事な成長材料

意外に思われるかもしれないけれど、左半身麻痺《まひ》になってからの3年間も、たくさんの恋をしてきた。以前と変わらない、普通の恋愛をしている。

入院をしていたころは、好きな人と文通をしていたことがある。

昔の人はこうやって手紙を綴《つづ》り、届いたかな？　返事はまだかな？　と、思いを馳《は》せていたんだろうな、としみじみ感じられるのは新鮮だった。

けれど、正直なことを言えば、片手で封を開けたり、文字を書いたりするのは、なかなか難しかった。私にとっては、片手で簡単に使用できるスマホのほうがはるかに便利なのだ。

とは言っても、やはり届いた手紙は早く読みたいし、返事も書きたい。そう思って、行う動作が、自然にリハビリにもなっていた。

ある時、デートするために一人で外出することを、母からひどく反対されたことがあった。病気になってから、だれかと一緒でなければ外出をしていなかったし、一人でいる時になにかあったら……と心配になる親心があるのだろう。

たしかに人通りの多いところで、だれかとぶつかったら、よろめいて倒れる可能性は高い。

実際、私自身も不安でたまらない。

でも、「もし、明日死んだらどうするの?」と私は母を説得した。

病気になってからの私は、今この時がいつまでも続かないかもしれない、と思って生きるようになったからだ。

それに、いつまでもだれかを頼ってはいられないし、したいと思ったことをせずにいるなんてできなくなった。
その後、話し合いの末、母は私の願いをしぶしぶ許してくれた。

こうやって、できることがまた一つ増えた。
恋愛って、素晴らしい。

今を大切に、やるべきことに取り組む理由

私の夢は、外資系ＣＡ（キャビンアテンダント）になることだった。

幼いころ家族で飛行機に乗った時、ＣＡさんに親切にしてもらったことがきっかけ。

乗客のみんなが寝静まった時、私が一人で起きていることに気づいたＣＡさんは、折り紙やおもちゃを持ってきて、一緒に遊んでくれた。

それ以来、「こんな素敵な女性になりたい」と憧れるようになった。

この夢を叶《かな》えるために、英語だけは真面目に取り組んで、中学生の時に一年間アメリカ留学もした。


私には、もう一つ夢があった。バレエの先生になることだ。

バレエは、私の性格にぴったりだった。

なぜって、机の前で長時間じっとしておく必要がない上に、宿題もないからだ。いいかげんな気持ちでは先生になるのは難しいことはわかっていたけれど、バレエだけは、小さいころに始めてから、ずっと続けていたほど好きだった。

左半身が麻痺《まひ》してからも、私はまだ夢を叶えられると思っていた。リハビリの成果もあって、足の装具と杖《つえ》さえあれば、何とか一人で歩けるようになってきたからだ。でも、左の手足はいまだにコントロールがきかないまま。だから、あとから私は夢をあきらめなきゃいけないんだな、とわかった。

その時から、将来のことがとても不安になった。
これまでの努力が無駄になってしまう気がして。
それ以来、私は遠い先のことは考えないことにした。考えても、仕方ないこともあるから。「今を大切にすること」それも大切だと、最近は目の前のことをこなしながら毎日を過ごしている。

目の前にある「やるべきこと」の多くは花の種みたいなもの。

その種の一つひとつを育てていくように、やるべきことを一つずつこなしていけばいいと思う。そしたらある時、芽が生えて、やがて花を咲かせるかなって思う。

花が開くまで、どんな花になるかはわからないのも、またいいところ。

そして、ちょっとずつやってきたことたちがつながって、色とりどりの花が咲いた時、これまで知らなかった、美しい景色が見られたらいいな。

そう考えると、夢は一つである必要はないし、人にどう思われるかなんてぜんぜん関係ない。夢は自分のためにあるなって思う。

大学にチャレンジ

「海外からの留学生が多い大学がある」と、お姉ちゃんの友だちから教えてもらったのは、高校3年の夏になってから。

その大学は他県だけど実家からも車で行ける距離で、日本にいながら留学しているような環境。

行くしかない、と直感的に思った。


でも、すでにかなり遅いスタート。家族に協力してもらいながら準備を進めた。

真夏の暑い中、受験前に一度、お姉ちゃんとお母さんと一緒に、大学へ見学に行った。

車に乗って、2、3時間。

まだ私の頭の骨の一部ははずれた状態で、ヘルメットをかぶって、車椅子で出かけた。

その頃、本当は心の中に不安があった。ちゃんと将来のことを考えなきゃいけないっていうプレッシャー。それから、リハビリだけが繰り返される毎日だったので、先のことを考えていないともうやってられない！　という気持ちもあった。

だけど、大学に着いたら、久しぶりに新しいものを見たというか、その学校特有の自由な雰囲気と刺激を感じて、私にもまだまだ可能性がある、とかなり勇気づけられた。

カフェテリアでご飯を食べながら、「よし！　この学校に入るぞ！」という前向きな気持ちになった。

9月には面接に行った。おにぎり一個しか食べられなかったほど私は緊張していて、なにを話したかなんてすっかり忘れてしまったけれど、どうにか良い結果を得ることができた。

そして冬。私は大学生活をできるだけスムーズに過ごせるように、鹿児島のリハビリ病院に入院した。

中高一貫の学校に行っていたおかげで、だいたいの単位が取れていたのであとは通信高校の単位と、高校卒業認定試験にさえ合格できたら、卒業、進学と次のステップを踏み出せる予定だった。入院中は通信の先生に来ていただいて、一緒に勉強した。

認定試験のときは、担当の先生がはるばる遠方から病院まで来てくださった。

まだ左側の物が見えなかったり、左側を車が通ってもわからないような高次脳機能障害が残っていた私は、左側に書いてある問題を見落とす可能性があったけど、「ここで落ちたらもう卒業も進学もあきらめる。なるようになるさ！」と、なぜだかお気楽に考えていた。

今思うと、あまり重く考えないで、目の前のことをひたすらがんばるのが、ストレスを溜《た》めない方法だな、と思う。

そして、結果的には、とんとん拍子で卒業と進学が決まった。

私は勉強があまり得意ではないけれど、チャレンジしてよかったなと思う。

苦手だからって避けていると、行けるところにも行けない、ということもわかった。

Chapter

03

大切な家族、友だち、好きな人たち…

Keep your smile

SNSが生んだ友情

入院生活が続く中で、一番身にしみたのは友だちの大切さだ。

これまで頻繁《ひんぱん》に連絡をとる仲ではなかった友だちでも、お見舞いに来てくれたり、心配するメッセージをくれたり。私のことを気にかけてくれる人たちがこんな近くにいたんだ、と素直にうれしかった。

病気になってから、気が置けない友だちの数が急に増えた気がする。

東京の病院に入院している時に、こんなことがあった。

一度も話したことのなかった高校の先輩が、アップルパイを持って、いきなりお見舞いにやって来てくれたのだ。こんなビッグサプライズは初めてだ。

話したことはないとはいえ、SNSでつながっていたので、先輩のことはもちろん知っていた。思い返すと、ちょっと前に連絡があって、手紙を送ってくれるのかなと思っていた矢先の出来事だった。

退屈な日々の中での突然の訪問は、この上なくうれしく、久しぶりのガールズトークに花を咲かせた。

入院生活はお見舞いのタイミングに気を遣《つか》わせてしまうので、孤独を感じやすい環境。リハビリをする時間と、トイレの時に看護師さんを呼ぶ以外は、いつも一人で通信制高校の課題をしたり、ブログを更新したり、雑誌を読んだり。基本的にいつも一人。

でも、今はインターネットがきっかけで知り合うのも、当たり前になったご時世。

私は、病気になったことも坊主頭になったことも、ブログやSNSに全部書いた。ちょっと恥ずかしいと思ったこともあったけど、前向きにリハビリしている様子を伝えていた。

写真や動画も載《の》せつつ、「みんなお見舞いに来てね！」と発信していると、躊躇《ちゅうちょ》せずに来てくれた。こうして、いろんな人が途切れることなくやって来てくれるのは、本当にありがたい。

中には、大手術を担当してくれた先生やお世話になった看護師さんも、来てくれた。ちょっとずつ回復していく姿を褒《ほ》めてもらえると励みになる。

この時代に生まれてよかった。

言いたいことを言うのが、仲良しの秘訣《ひけつ》

私が病気になってから、何気なく過ごしている時に、お姉ちゃんはこう言った。「私たち双子みたいだね」って。

それまでは離れて暮らしていて、普通の姉妹だった。だけど、今はお姉ちゃんがいない生活を考えられない。

一緒に時間を過ごしていくうちに、私たちの心は言葉なしに通じ合うことが多くなった。5歳の年齢差を感じることは、ほとんどない。

例えば、お菓子がいくつも並んでいる時、お姉ちゃんは私がいま食べたいものを「これでしょ？」って当てることができる。

だいたい同じ気分のことが多いからかな?

言葉に出さなくても、なんとなく予想できるのは、私も同じだ。

お姉ちゃんとは、病気になってからひとつの部屋を2人で使って、シングルベッドを2つ並べて、1枚の大きい布団をかけて寝ている。新婚さんみたいでしょ。起きている時も寝ている時も、ほとんど離れることがない。

お風呂も一緒。洋服もお姉ちゃんが着せてくれる。

クローゼットも2人で共有している。右側は私、左側はお姉ちゃん。気付けば、自由に貸し借りするようになった。どうしても着たい服がある時は、「明日あの服を貸してね」と前の日に伝えるようにしている。着たい服までかぶっちゃって、とんでもない喧嘩《けんか》が始まることもあるから。

一方で私たちの喧嘩は、人には見せられないほど激しい。

一緒にいる時間が多い分、喧嘩することも多い。基本的に、思ったことはなんでも本音で言いたい放題。ストレートに言い過ぎて、お互いに割と深い傷がつくこともある。

でも、面白いことに、2人とも切り替えがすごく早い。数をこなしてきているから、キレるポイントもわかっているし、どうやったら元に戻るかもわかるようになった。

だから、今ではお互いのモヤモヤを言い切ったあとすぐ、なにもなかったかのように普通に戻ることができる。

その切り替えの早さに笑えてきて、その後のおしゃべりは、いつになくテンションが高い。爆笑しすぎて、涙がでるほどだ。

これだけ、思いが通じあっているけれど、面白いことに、姉妹で好きな人のタイプがかぶったことはない。

それだけが唯一の不思議だけど、本当によかったと思う。

好きな人の取り合いなんて、したくないからね。

私のことを大事に思ってくれる人たち

私は家族に恵まれていると思う。

大の仲良しのお姉ちゃん、それからかわいい4つ下の弟もいる。弟は、思春期にもかかわらず、人前でもちゃんと私の車椅子を押してくれたり、腕を組んで支えてくれたりして、ちゃんとケアをしてくれる。私が入院した時には、毎週末、お父さんと一緒に地元から来てくれた。

お母さんは毎晩泊まってくれて、お姉ちゃんも毎日病室に来てくれた。

私が病気になって少しして、家では犬を飼うことになった。前々から欲しいという話はしていたけれど、私のことで少しナーバスになっていた弟のことを思ってのこと。

まだ意識のはっきりしていない私に、お姉ちゃんが「ももちゃん、犬の名前決めて〜」と言ってきたので、私はオスかメスかも聞かずに、ほんとうに思いつきで命名。その子は

「シェルビー（Shelby）」という名前になった。

あとあと調べると、どこかの車の名前とか？

だから、私が退院して戻った家は、犬のいる家になっていた。


私が病気になってから、きょうだい3人の仲は、いっそう深まった。

もともと仲が悪いわけではなかったし、お互いの大切さに気付けるようになった、ということだと思う。

同じ時間を共有できるように自然に調整して、集まるようにもなった。好きなドラマの時間になったら集まってみんなで見たり。

それに、お父さんとお母さんは、そんな私たちのことをいつも第一に考えてくれる。

とてもありがたいことだと思う。


家族以外にも、私のことを思ってくれる人がいる。

病気になった時にすぐに来てくれたシスターもその一人。

シスターと話す時はいつも、ゆっくりと時間が流れていくようで、温かい気持ちに満ちあふれるから、自然と顔もほころぶ。それ以来ずーっと、シスターは私の心の拠り所。

シスターとは、今でも交流を続けていて、ときどき近況を話している。悩み事を相談したり、リハビリをがんばっていることを伝えたり、お付き合いしている人のことも話す。


そうやって私のことを大切に思ってくれる人のことは、いつまでも大事にしたい。

厳密にいうと、私が病気になったからというよりは、みんな私が病気になる前からずっと私を支えてきてくれていて、私が病気になることで、そのことに気付きやすくなっただけのことかもしれない。

だれだって、だれかに支えられて生きていることを忘れてはいけないな、と思う。

もし、私が一人だったら、こんなにがんばれていないし、そもそも毎日の生活だって、不安だらけだったと思う。

みんなの存在があるから、私は毎日笑顔で過ごせるし、会った時にがんばっていると伝えたいから、がんばれていると言えるかもしれない。

笑顔に秘められたパワー

リハビリで入院している時、病院に記憶がすぐになくなってしまう中学生の女の子がいた。

彼女のお母さんから「友だちになってくれないかな」と頼まれたのをきっかけに話すようになった。

彼女は下半身に麻痺《まひ》があることを感じさせないくらい、無邪気《むじゃき》でかわいい笑顔をいつも見せてくれた。

でも、話していると、私の顔も名前も、すぐに忘れてしまう。

ちょっと前まで楽しく話していたのに、突然「お名前何でしたっけ？」と聞く。

だから彼女は、ノートとペンを持ち歩いて、リハビリでの課題や時間を、きちんとメモしていた。

ある時、私がフロリダに留学していた話になった。

すると彼女は、「フロリダって、暖かいですか？」と同じ質問を何度も繰り返した。1時間のうち、3回ほど聞かれたと思う。

「さっきも聞いたじゃん」私はわざと、そう答えてみると、「えー、そうなんですか。ごめんなさい！」と彼女は言う。

「あやまらなくていいよ、だれだって忘れることあるよ」

そんなやり取りを繰り返した。

何度同じことを聞かれても、同じ回答をし続けたら、ある時から覚えてくれたこともあった。その瞬間、とてもうれしかった。

そのうち、彼女は私の名前や出身を覚えてくれるようになった。彼女のお母さんは「ももちゃんのことは、覚えているんだよね」とビックリしていた。

私が気づいたのは、この子は嘘《うそ》をつかないということだ。

本当に興味があることは何度も聞いてくるし、いつ話しても同じ答えを返してくれる。

坊主頭の私のことを「かわいい」と何回も褒《ほ》めてくれることもあった。

「さっきも言ってくれたよ。でも、うれしいから何回でも言って。忘れてもいいからさ」

と私が言うと、彼女はちょっと恥ずかしそうに、また笑った。

その笑顔を見ていると、彼女のためなら、何度でも話しかけたいと思うようになった。

「チームもも」

鹿児島の山の上にあるリハビリ病院に入院していた時、私は、おじさんたちと仲良くなった。

その3人はみんな、脳の障害で麻痺《まひ》になっていて、この病院でリハビリをしていた。

それぞれ病気になって、夢や希望、いろいろなものを見失いつつも、励まし合っていた。

おじさんたちは最初、年齢の離れた私と距離を置いて、あまり話をしなかった。

でも、同じ部屋で、何度も顔を合わせるうちに、いつの間にか会話をするようになった。

病気をしたら、みんな、平等だ。

その施設では、同じリハビリ仲間になる。

年齢も、経歴も、関係がない。

大人も子どもも、みんな一緒。
だから、仲がいっそう深まるのだ。

あるおじさんは、移動が困難な私に代わって、朝食のパンを焼きに行ってくれた。リハビリで隣になった時は、話しかけてくれた。みんな似たような病気を持っているから、話も通じるし、情報も交換できる。

一番の思い出は、おじさんたちみんなと散歩に行ったことだ。
計画段階から私はとても楽しみにしていて、その週のリハビリはいっそうがんばれたのを覚えている。
散歩に行くだけでも、私にとっては大イベント。
おじさんの一人が連絡網を回した。
出発時間：9時
目的地：◯◯の滝
服装：散歩のできる服装

持ち物：杖、装具、飲み物、汗量の多い人はタオル

リハビリのない日曜の朝に出発することになった。

いつしか、班長は私。副班長や、サバイバル担当という役目もそれぞれ割り振られていた。小学校の遠足のような気分だった。

いつしか「チームもも」と呼ばれるようになったそのメンバーでお散歩が始まった。

山の上にあった病院の外は、大自然だった。ときどき鹿も出てくるようなうっそうとした森の中にある道を歩く。距離にして片道1キロ弱といえど、みんな麻痺《まひ》があるため、登り下りは、ちょっと大変だった。

目的地に到着した時だった。遠くから、看護師さんが呼ぶ声が聞こえた。

「◯◯さん、お薬を飲み忘れてますよ！」

大事なお薬を飲み忘れていたとは。それを知らせにわざわざやって来てくれたのだった。

そんなハプニングもありながら、私が行きたかったカフェに寄ったりもして、有意義な

午前中を満喫した。おじさんたちと遠足なんて、なかなかできない経験。

その病院には、同じような病気を抱えた人たちがいた。私より若い子から親世代まで、みんな仲がいい。わりとめずらしい環境だと思う。

リハビリはつらかったけれど、仲間のおかげで、楽しく生活できた。退院して、日常に戻るのが嫌になるくらいに。

みんなが平等で、いたわり合って、助け合っていたこの場所が、私は大好きだった。

私の周りの優しい人たち

病気になってから、私の周りは、優しい人であふれるようになった。

こういう身体になってしまったから、軽い気持ちでは近寄ってこられないのだろう。

友だちもみんな、どこかに遊びに行った時には、嫌な顔ひとつせずに私の荷物を持ってくれる。

ついこの前も、東京に行った時に、私は1泊分の荷物を全部リュックに入れていたのだけれど、友だちがその荷物をずっと持ってくれた。それも、とても自然に気にかけてくれているような印象だった。女の子の友だちも、男の子の友だちもいたけれど、みんな私の体のことを気づかってくれた。

歩きにくい段差では、さりげなく手を貸してくれる。「助けがいる時は、ちゃんと言ってね」と、声をかけてくれる人ばかりだ。

今の私はこのような人たちとでなければ、一緒にいることはできない。病気になる前よりも、時間がかかることも、面倒をかけることも多くなったからだ。

ある人から、こう言われたことがある。

「初めはどう接していいかわからなかったけど、障害も一つのスタイル」

この言葉を聞いた時、とてもうれしかった。私を受け入れてくれているのを感じたから。

本当に感謝をしている。

みんなから尊敬されていた、私のおじいちゃんの話

私のおじいちゃんは厳しい人で、幼い時から会うたびに言われるのは「勉強しなさい」「本を読みなさい」ばかりだった。

私の苦手なことばかりを勧めてくるものだから、正直会うのが心苦しい時もあった。

2018年2月、おじいちゃんは、97歳で天国へ行った。それまで長い間入院していたので、「よくがんばったね、お疲れ様」という気持ちで送り出せた。

私が入院していたころ、たまたま同じ病院に入院していたことがあった。

会いに行った時、短髪に帽子をかぶった私を見て「ハンサムだね」とにこにこした顔で褒《ほ》めてくれた。

私は初め、「私のこと、だれだかわからなくなっちゃったんだな。男の人だと勘違いしているのかな」と思って、焦った。

だから「ももちゃんだよ」って言ったら、すぐに「わかってるよ」と言ってくれて、ほっとするのと同時に、半身麻痺《まひ》になってしまった私のことを気遣《づか》ってくれたんだなと気付いて、なんだか涙が出そうになった。

それにそれまで褒められたことなんてなかったから、うれしくて、でもどこか心の中がむずがゆい感じもした。

あまり会う機会がなかったので、私は、おじいちゃんのことをあまり知らなかった。けれど、亡くなる数年前から頻繁《ひんぱん》に顔を合わせるようになって、だんだんおじいちゃんのことがわかってきた。

まず驚いたのは、お見舞いにきてくれる方々が多いこと。

病室には、おばあちゃんはもちろん、おじいちゃんにお世話になったという人が頻繁に出入りしていた。おじいちゃんは戦争時代を生きた人でもあるから、同世代の仲間はもう生きていない。でも、おじいちゃんを慕っていた人がおじいちゃんのことを想って足を運んできてくれる姿には感銘を受けた。

島田洋七さんが書いた自叙伝的小説『佐賀のがばいばあちゃん』の主人公、昭広（島田洋七さん）が少年だったころに、怪我《けが》した彼を診察して、「お金はいらん」って言ったのが私のおじいちゃんだったということを後で知った。

当時は、地域の医者として、近所の人々の健康を見守ってきたのだろう。

意識がはっきりしたり、しなかったりするくらい病態が悪い時でも、最後になるかもしれない言葉を交わす様子は、素敵だなと思った。

そのうち、おじいちゃんは2日に1回くらいしか目を覚まさなくなり、息をひきとった。お葬式でも、予想以上の人に見送られて、こんなにたくさんの人と関わりを持っていたのか、と思うとその人望の厚さには頭が下がる。

「勉強しなさい」「本を読みなさい」も、おじいちゃんなりの愛だったんだ、と今になって思う。厳しいだけではなかったことに、今さらだが気づくことができた。

Chapter

04

ハッピーマインドでいるための15のコツ

Keep your smile

1

つらいことも乗り越えれば、なんてことない

病気になった時、17歳の私にとっては、手足の麻痺《まひ》より、顔の麻痺のほうが大きな問題だった。

どこか引きつっているのを感じて、顔の筋肉をうまく動かせなかった。だから鏡を見たくなかった。こんなの私の顔じゃないと思ったから。

「鏡を見てリハビリをしましょう」

言語聴覚のリハビリの先生はそう言うけれど、「見たくない」と私は頑固に答えた。

ごはんを食べる時も「鏡を見て食べましょう」と言われたけれど、絶対にそんなことしたくなかった。いくら先生に言われても、絶対に鏡を見なかった。

今では幸いぱっと見た感じでは、顔の麻痺は残っていない。

でも、実際は少しだけ、口元の左端に麻痺が残っている。笑った時、ときどき引きつってしまう。

特に、作り笑いしていた時ほど、お姉ちゃんに「引きつってたよ」と指摘されることがある。自然に笑っていないと、どうしてもぎこちなくなってしまうようだ。

それからいまだに、家族からはよだれが出ていると指摘されることがある。左頬の筋肉に少しだけ麻痺が残っているせいで、疲れてくると口のしまりが悪くなるのだ。

私がよだれを垂らしていたら、躊躇《ちゅうちょ》なく突っ込んでほしい。「ももちゃん、よだれ？」ってね。

言葉はまともにしゃべれている。というのも、私のような右脳出血は運動機能への影響は大きいけど、言語障害は残らないケースが多いらしい。

一方で、左脳出血は、その逆らしい。

言いたいことが言えない、伝えられない。そんな困難に直面しているほかの患者さんと接することもあった。

もちろん、私のように身体が動かないのも、なかなか大変だ。最初の病院では、まだ身体に力が入らず寝たきり。頭も朦朧《もうろう》としているにもかかわらず、私は無理やり起立や着席、歩行の練習をさせられていた。

そのリハビリはハンパじゃなかった。

車椅子に座ったまま、腰くらいの高さの手すりに手をくくりつけられて固定されたまま、立ったり座ったりを１００回ほど繰り返しやらされるのだ。

一番苦手だったのが、立つ感覚を覚えさせるためのリハビリ。

起立台と呼ばれるマットの上で仰向けになって両手足を固定したら、垂直になるまでマットの角度が変わっていくのだ。

当時立つことができない私にとって、このリハビリは、スパルタというより、ほとんど拷問に近い。ただ立っているだけのように見えるけれど、ふくらはぎの突っ張りに何十分も一人で耐えなくてはならないのだ。

気を紛らわせてくれる何かがあればいいのだけれど、痛みを感じながら、退屈な時間を過ごすのは、非常にきつかった。


その様子を記録していた動画が残っている。

今見ると、目はうつろで、表情がまったくちがう。

高次脳機能障害もあって、感情の起伏は激しかったから、つらいことをさせられそうになると、怒って反抗したり、カメラを睨《にら》みつけたりしていた。


とってもつらい時もあった。でも状況は少しずつだけど、よくなっていった。

だから、私は、がんばり続ければ、いつかつらい状況は過ぎ去っていくものだと思っている。

今では、一人で外出することもできるし、みんなとわいわい話をすることもできるまでになった。

すべてはあの拷問のような日々のおかげ。

そしてなにより、私がどんなひどいことをしようと、見捨てることなく一生懸命サポートしてくれたみんなのおかげ！

私のお世話は、だれよりも大変だったにちがいない。

2 置かれた状況や今の自分を受け入れる

入院中、私は水色のメガネをしていた。小学生の時に使っていたもので、度は合っていないし、ダサい。でも、片手でもコンタクトの着脱ができることを、先生に認められるまで使用禁止と言われていたから、仕方がなかった。

病院では、決められたルールに従う必要があった。

リハビリ中心の生活では、着るのはTシャツと前あきパーカーが基本。オシャレ好きな私にとって、いろいろな服が着られないことは残念だった。

でも、前があいている服じゃないと、麻痺《まひ》している左腕を袖に通すことが難しかった。

一人で着替えるためには、可愛さよりも、機能性を重視。

今は、片手でもたいていの服は着られるようになった。右手が器用になりすぎて、ズボンのファスナーやボタンも一人でできる。ペットボトルのふたも開けられるようになったし、始めのころに比べると、片手でできることが増えてうれしい。

ちなみに、今の私の左手は、自分の意思でパーに開くことはできない。

はじめは指の爪が食い込んでしまうほどの強く握りしめる癖があったけれど、注射での治療や、日々続けているリハビリのおかげで、少しずつ柔らかくなってきた。

ただ、いまだに目をつぶった状態で左手の指に刺激を与えられても、どの指に触れているのかわからない。

でも私は少しずつ回復していると信じていて、家にいる時や、電車に乗っている時も、ずっと触ってあげるようにしている。

私は、そんな私の左手を、ときどき愛おしく思う時がある。

感情的になった時に、意図せずに動くからだ。左足がピーンと伸びたりすることもある。

涙が出るほど笑っている時、激しく怒っている時、私の心に素直に反応してくれることは、扱いづらいけど、正直おもしろい。

今の自分を受け入れて、まずは自分で愛してあげることが、大切だと思う。

3

人とちがったことは、個性として磨く

地元の病院に転院してからまもなく、私が通っていた高校でお祭りが開催された。体育祭や文化祭、コンテストなどが一度に行われ、当時高校3年生の私にとっては集大成とも言えるイベント。会いたい人がたくさんいたので、3日間すべてに参加した。

周りの友だちや先生は、病気のことを知ってくれていて、今まで以上に優しく接してくれた。

「ももちゃん、久しぶり」

「ももちゃん、唐揚げどう?」

すれちがう人々から名前を呼んでもらって、人気者になった気分だった。

そのころはまだ、頭の骨を戻す手術前。

自分の名前にちなんで選んだ派手な桃色のヘルメットをかぶって、車椅子で移動していたから、かなり目立っていたはず。


そこまでして参加する私の姿を見たからか、久しぶりにすれちがう友だちからは、

「やっぱり、ももちゃんだね」

「私たちも勇気づけられるよ」

と、言葉をもらった。


病気になっていなかったら、体育祭で応援団をやってみたかったたし、コンテストではファッションショーの服を作ってみたかった。

みんなと同じ服を来て、同じ運営側として参加したかった。

正直なことを言えば、いたたまれない気持ちにもなった。


でも、これが現実。

キラキラした友だちの姿を見ていたら、これからの人生をともにするこの身体も個性として向き合いたい、そう思えるきっかけとエネルギーをもらえた。

4 やりたいことは徹底的に楽しむ

病気になる前まではセルフネイルをするのが好きで、夏休みの時は友だちの爪をぬってあげたりしていた。将来、ネイリストにもなりたいと思ったこともあった。

今は日々のリハビリの成果もあって、右手を使って左手の指を一本一本伸ばせば、角度によっては左手を広げられるようになった。けれど、それでも自分で自分の爪にマニキュアをぬることなんて、到底できない。

できないからと言って、オシャレをあきらめたくはないから、私はネイルサロンに行く。必ずあるリハビリ用具を持参して。それは手と同じ大きさのプラスチック板で、手首と5本指それぞれを固定できる仕組みになっている。左手をパーにした状態で、板に張りつけることで、強制的に手の平が広がるので、ネイルをする時にちょうどいい。

できあがったネイルの写真を撮るのにも一苦労ある。

なるべく綺麗《きれい》に写したくて、お姉ちゃんに協力してもらう。だけど思うように手を伸ばすことができなくて、何度も写し直す。

「もう良くない?」とお姉ちゃん。

お互いにイライラがたまってきて、ついに涙が出てくる。泣きながらネイルの写真を撮っているのは、たぶん、私だけだと思う。

普通に考えたら、そこまでしなくても……と思うかもしれないけれど、ただでさえ、今の私ができるオシャレは限られているのだ。

たとえば、靴。サンダルやブーツで季節を楽しみたいけど、スニーカーしか履けない。さらに、左足は装具をつけたまま履くから、サイズは普段より2センチ増の26センチ。右足には中敷きを入れて調整する。

メイク、髪、ネイル、服。

いつも好きなものを身に着けていたい気持ちは、病気の前も後も変わらない。

だから、今できることを徹底的に楽しむし、できることをもっと増やすためにリハビリもがんばる。

5 自分に厳しくしすぎない

高校生の時はファッション雑誌を読みあさって、お気に入りの服にマークを付けていたこともあった。でも今は、雑誌を開いて読むのも、簡単じゃない。

ファッション誌は重いから、片手で持ち上げるのも難しいし、紙を押さえることができないので、重さが釣り合わないと、片側に閉じてしまうこともある。

病気になってからの一番のストレスは、やっぱり着られる服が限られてしまったこと。

短めのスカートは、穿きたくても足が開いちゃうから断念せざるを得ないし、ズボンはトイレの時に片手で簡単に上げ下げできるものでないといけない。

毎回お姉ちゃんと一緒にトイレに入るわけにはいかないから、見た目よりも機能性を重視するようにしている。

そういうわけで、たいていパンツスタイルなのだけど、ある時スカートに挑戦してみたくなって、クローゼットからお姉ちゃんの服を借りてみた。膝丈を着てみると、足の装具とのバランスが悪くて「微妙だね」ということになり、ちょっと歩きにくいし、足の装具が隠れてしまうけれど、ロング丈で外出することになった。

電車では、たいてい装具と杖《つえ》を見て、「けが、大変ですね。席どうぞ」と譲ってもらうことが多かったから、案の定その日は周りの反応が違った。

だれも私が半身麻痺《まひ》だとは思わない。うれしくもあるけれど、ちょっと複雑な気持ち。

それ以降、一人で街に出る時は、着る服を選ぶようにしている。

普通の女の子に見られたいけど、やっぱり気を遣《つか》ってほしい時もあるから。

これくらいのワガママはいいよね。

6

臨機応変《りんきおうへん》に、方向転換することを恐れない

まだ発病して半年くらいしか経っていない不安定な状態の時だ。どのくらいのペースで、どれほどまで回復するのか、全く見当もつかない中でも、これからのことを考えなくてはならなかった。

同級生はみんな、大学受験勉強の真っ只中。病気になる前は、高校卒業のタイミングで実家を離れて、英語を勉強するためにまた留学をしようと思っていた。わざわざ海外の大学に見学に行ったほど。

でも、現実的にその道が難しいとわかった。

そんな中でも、行きたい大学に出会うことができた。

２０１６年、春。

母も一緒に移り住み、まずは一人暮らしができるまでに回復することを目標に、オリエンテーションや新人歓迎会など、夢にも思っていなかった大学生活が始まった。

だけど、４月14日の夜に突然、熊本地震が起きた。

身の安全を確保したくても、身体を思うように動かすことができない。半身麻痺《まひ》になって初めての恐怖心を覚えた。

海も近かったので、津波が来るかもしれない。

緊迫した状況の中、姉と避難した。

その後も余震が続いて、いつまた大きい地震が来るかはわからなかった。

その出来事をきっかけに、ひとまず休学に切り替えて、気持ちが落ち着くまで、実家でリハビリに専念することにした。

華々しい大学デビューとは裏腹に、突然始まったリハビリだけの生活は退屈で、常に自分と向き合うだけ。社会と遮断された状態には、息が詰まりそうだった。

外出して、人ともっと接する機会が欲しい。

リハビリはすぐに目に見える成長があるわけではないので、もっとほかに、今やっていることが将来何かにつながっていく実感がわくこともしたくなった。

片手でもできることはないかな……そんな時に、実家から通える距離にあるＷｅｂデザインスクールが目に留まった。

私は勉強が大の苦手。だから正直抵抗はあった。でも半年間だけなら集中できるかもしれない。しかもパソコンなら、立ち上がることもないだろうし、片手でもできるかも！

そういうわりと安易な理由に期待をつのらせて、その学校に行ってみることにした。それだけ気持ちが切羽詰《せっぱつ》まっていたのかもしれない。

授業はなかなか難しかった。一度に2つ以上のキーを押さないといけないと知った時には、ちょっと焦《あせ》ったこともあったけれど、「固定キーを使えば、片手でもできるよ」と教えてくれる親切な先生たちがいたおかげで、少しずつできることが増えてきて、ちょっとずつ楽しくなってきた。

温かい人たちに恵まれたおかげで、楽しく無事に卒業することができた。

半身麻痺《まひ》になって、できないことが増えたのはたしか。でも、できないと思っていたことができるようになった時の達成感を味わう楽しさを知った。

これからも、興味のアンテナを張って、やりたいと思ったことにはチャレンジしていきたい。問題が起きた時には、目的を見失わないようにしながら、そのたびに私にできることを探して、臨機応変《りんきおうへん》に対応していけたらいいな。

7 考えすぎずに、目の前のことと向き合う

昔、もしCAになれなかったら、手先の器用さを活かした仕事をするのもいいなと思っていた。そのころは、なるようになるとしか考えていなかった。

でも今は、身体は使えないし、勉強も苦手。

どうすればいいの？　と考え始めると、実際キリがない。

SNSを開けば、同世代のだれもが楽しいことばかりの大学生活をしているように見えて、日々リハビリをする私とのちがいに嫌気がさすこともあった。

本当はみんな大変なこともあるかもしれないし、18歳前後で進路に迷うのは当然のこと。

でも、やっぱり、私の人生の可能性が狭まってしまったことは変えられない現実だろう。

考えると止まらなくなって、眠れない夜もある。そんな夜は、ベッドに横になって「明

日のために寝なきゃ」そう自分に言い聞かせて寝るようにする。

そんな私は、遠い先のことは考えないようにするという方法を身に付けている。考えても仕方ないことは、無理に考える必要もない、そう思うのだ。だってハッピーになれないって思ってしまうことは、自分を苦しめるだけだから。それから、自分が苦しんでいたら、同時に周りの人も苦しめてしまうことを忘れちゃいけない。

悩み事を相談して、胸の中のモヤモヤを晴らすことは大事だけど、変えられないことをどうこう言ったって仕方ない。受け入れるしかない。

それに、私はいつからか、ネガティブな気持ちを表に出さず、むしろ平気そうにしていたほうが、楽にいられることに気がついた。

今は、目の前のやるべきことと向き合うことが大事だと思っている。そうすれば、次のステップが見えてくるかなと思って、毎日がんばっている。

私が病気になる前と同じテンションでいると、友だちも前と変わらないように接してくれる。

それに病気のことをオープンにしているからこそ、同じ病気の人との接点も生まれるのだ。

先のことで悩んだ時は、一旦頭を休めて、ただ目の前のことを一生懸命やる。

私は、動かしたい左手にまた意識を向けてみる。

8 マザー・テレサのように

私は、マザー・テレサを尊敬している。

分け隔てなく、人を愛するところ。

揺るぎない、自分の信念をもっているところ。

そんなふうになりたい。


だから私は、人と意見が衝突することがあっても、相手を嫌いになったりはしない。

自分が正しいと思いこむことも、しないようにしている。

はっきり意見を言ったあとに「これはあくまでも私の意見だから」と一言付け加えるようにしている。

友だちに恋愛相談を受けた時も同じ。「私だったらこうするけどね」と。

信じるべきは、自分の心。考えを、人には押しつけない。

病気になって、自分の心と向き合うことが多くなって、私自身のことがわかってきた。自分が普段どんなふうに物事を考えるのか、自分らしさとは何か、明確になってきた。

身体が不自由になって、ハンディを負うようになってから、自分に自信を持てるようになってきたのは、不思議だ。

以前の私は、人からどう見られるかということが、すごく大切だった。でも今は、人からかわいく見られたいと気取ることよりも、大事にしたいことを見つけた。

自分の心が、良しとすることに忠実に生きること。それを何よりも大切にしたら、自分らしくいられるようになった。

9

本音を大切にする

たくさんの女の子たちを見ていると、それぞれ大事にしているものが違うなって気づくことがある。

みんなからの賛同を大事にして、何かを言う時にあえて隙のない言い方をしている子。

みんなの和を大事にして、たぶん違うふうに思っていても、何も言わない子。

みんなの和を崩すのは嫌だけど、無理して合わせるのも嫌だから、大きなグループには入らない子。

私があてはまるのは、最後の子。

基本的に一対一が好きで、本音を話してくれる子が好き。

嘘《うそ》つかれるのはいやだから。

私からすると、グループでいる子たちは、「みんなそんなに無理して、本当に楽しいの？」と思うところもある。

和を大事にするのは日本のいいところでもあるけど、ちょっと過剰じゃないかな。

どこか、それを建前にして、楽なほうに流れていっているだけのようにも見える。


まず、考え方として、人と違うことを思ったり、やったりするのは、全く悪いことじゃないってことを思い出してほしい。

人と違う人を責める人がいるけれど、そういう人は、本当の気持ちを言えずにいるから、つい邪魔してしまっているだけ。

だから、人に何か言われたって、気にする必要はない。


私はみんなで思ったことを言い合っても、だれも傷つかずに楽しくいられる方法があると思っている。

でも、自分の思いの伝え方は気をつけたいと思う。

たとえば、人の意見は尊重しつつ、「私はこう思うよ」とだけ伝えるとか。

そうすれば、言われた人も安心するんじゃないかな。

それは、なかなか難しいし、いつもいつもうまくいくわけじゃない。

でも、できる限り無理しないで一緒にいることができれば、みんな本当に楽しく過ごせるんじゃないかな、と思う。

10

人の良いところを見る

病気になって海外旅行は控えていたけれど、家族と一緒にベトナムへ行った時の話をしたい。

首都ハノイについた時、街から感じるエネルギーに圧倒されてしまった。たくさんのバイクが縦横無尽《じゅうおうむじん》に行き交うのだ。車線なんて関係ない。車と車の狭い間でも、スイスイと通り抜けていく。日本は見渡せば高齢者が多いけれど、この街は若者だらけ。普通の原付に4人も5人も乗っていたりもする。

めちゃくちゃな感じもするけど、ルールに縛られない人間らしさにあふれるこの雰囲気は、私には魅力的に映った。

とある場所で観光をしていた時だ。

私が父の左腕を借りて階段を降りようとしていると、警備のお兄さんがかけよってきて、父の右腕を摑《つか》んで支えてくれた。

というのも、父が私の杖《つえ》を代わりに持っていてくれたからだ。お兄さんには、私が父を支えているように見えたのだろう。

支えが必要なのは、娘のほうだよと、ジェスチャー交じりで説明する父。

おぉ、それは失礼。と、私の左腕を支えてくれるお兄さん。


タクシーに乗った時にも親切にしてもらった。

ベトナムのタクシーは手動でドアを開け閉めする。車の乗り降りに時間がかかっていた時、運転手が運転席からドアが閉まらないように押さえてくれた。

その人だけならまだしも、どこに行っても、みんなが同じように神対応してくれるものだから、感動してしまった。

ベトナムの人ってなんて優しいんだ……ってね。

その旅行の時、偶然ベトナムに友人がいるということがわかって、一人で会いに行こうと決めた。ドキドキしたけれど、挑戦してみたかった。

一人でタクシーに乗って、Wi-Fiもなくて、どこか知らないところに連れていかれてもわからない。そう思うと正直怖かった。

でも、それまでたくさんのベトナム人に優しくしてもらったことを思うと、その怖さもちょっと和らいだ。

海外では、親切な国民性に恵まれ、すごく温かい気持ちになることが多い。

バスに乗ったら、「ここ空いているよ」と知らない人でも、席を指さして教えてくれることがある。

杖《つえ》を持って歩く私を見て、スッと立ち上がって、席を譲ってくれる人もいれば、「どうぞどうぞ、ぜひここに座って」と気持ちよく座れるように配慮までしてくれる人もいた。

同じ乗り物にたまたま乗り合わせただけだけど、友だちみたいに接してくれるのはうれしい。

もちろん日本人にも親切な人がたくさんいる。

例えば、アパレルの店員さんは、どこかクールなイメージだったけれど、それまで思っていたよりずっと優しいことに気付いた。

一人で試着ができなかったころは、無理を言って家族に手伝ってもらうか、家族に試着を代わってもらったりしていた。

今は、洋服屋さんにも一人で行くようになった。すると「お手伝いできることがあれば、言ってくださいね」と声をかけてくれるし、一緒に試着室に入って、着脱を手伝ってくれたり、椅子を用意してくれたりすることもある。

すごく明るく対応してくれるから、一人で行っても楽しい。

はじめ愛想が悪く見えた店員さんでも、本当は優しかったりする。

私みたいなハンディのある存在は、人の優しさを引き出す効果があるのかもしれない。

そう思ううちに、前よりも人の良いところが見えるようになった。

みんなが、私に親切にしてくれる。

病気になって、人の温かさを感じた。

11 ありのままの自分、それが一番

病気になってから、ありのままでいいのかな、と考えるようになった。

それまでは、ありのままの自分ではいられなかったと思う。自分でいられないのが苦しくて、学校にいけない時期もあったくらいだから。

言いたいことがあればはっきり言ったほうがいい。

それから、知ったかぶりもしないほうがいい。

私は、人に驚かれるくらい漢字の読み書きが苦手。でも、そう言いながら、出版もしちゃうくらい、堂々とするようにしている。

みんなが常識として知っていることを知らないとわかった時は、恥ずかしくなるけれど、私は今の私を受け入れることにしている。

知らないことがいい時もあるし、知らなくても生きて行けるし。
究極的に一番大事なのは、自分が楽しくいられることだから。

だから、ブログを読んでくださっている方は、簡単な漢字ばかりだな、と思っていた方もいたかもしれない。でも、そういうわけなのだ。

自分が自分でいられない、というのは苦しい。
病気になってますます、自分自身でいいんだ、と思うようになった。
そのほうが楽だし、いろんな人に臆《おく》せず、なんでも聞いたり、話したりできる。

それから友だちに関しても、そう。
人に気を遣《つか》っていれば、友だちができるかもしれない。
でも、自分をさらけ出したほうが、本当の友だちを見つけるための近道だと思う。

12 自分を傷つけているのは、自分であることに気付く

最近、親戚のおばさんが原因のわからない病気に悩まされている。

その苦しみとどう向き合っていけばいいのかわからないと相談されたので、私なりの考えとして「割り切り」のアドバイスをした。

だけど、その意見には、なかなか納得してもらえなかった。

「ももちゃんはもともと明るいからね。私には無理よ」って。

そう言われると、私のほうだって、ひどく傷つく。

もともと明るい性格なのは本当だけど、私だっていつもニコニコしていられるわけではない。

私だって、ネガティブになろうと思えばなれる。というより、コントロールできずに、「ネガティブスパイラル」にはまってしまうことだってある。

わあああ！ これからどうやって生きていけばいいんだあああ！ ってね。

でも、結論、病気になった事実は変えられない。

できないことはできない。そういう、あきらめも必要。

変えることのできない事実は、正面から受け止めて、心を切り替えたり、代替案を考える。

ものは考えようだ。

何でもネガティブに捉《とら》えると、全部ネガティブになる。

だから、楽しいことに、目を向けるようにしたほうがいい。

持って生まれた性格だけで、幸せ度が決まるわけではない。

何か起きた時にどう捉えるかで、幸せ度が決まってくる。幸福にも不幸にもなる。

何も起きずに、ずっとうまくいっているのが幸せとは言えないと思う。
多分、どんな事実であろうと、それ自体は人をそう傷つけることはない。
悩んで、考え過ぎることで、自分で自分を傷つけてしまうだけだ。
だから、一喜一憂《いっきいちゆう》していてもしょうがない。
人生捉《とら》え方次第。
へこんでいたら切りがない。

13 笑顔でいれば、人とつながれる

笑顔の持つ力ってすごい、とつくづく思う。

気持ちが沈んでいたら、だれも声をかけてくれない。

笑顔でいるから、「あの子、何だか楽しそうだな」と気にかけてもらえて、声をかけてもらえるようになる。


入院して、ようやくちゃんと人と話せるようになったころ、隣の病室のおじさんとその奥さんから話をしようと誘われて、フリースペースで話をしたことがある。

私が若くして大病になったのにいつも笑っているから、妙に明るく見えて気になったということだった。

元気がもらえる、と言ってくれた。

こんなふうに、知らない人が話しかけてくれることや、年上の人が私と「話したい」と言ってくれることがあるんだなって、その時はびっくりした。

今でも、いろんな人に話しかけられて、「ももちゃん、毎日、笑顔でがんばっているね」と言われる。

笑顔の力ってすごいと思う。

落ち込むこともあるけど、まずは深く考えないで、口角を上げてみるのが、なんだかんだ言って、いちばん楽しくいられる方法だと思う。

14 迷惑をかけることを恐れない

麻痺《まひ》って、〝赤ちゃん〟みたいなものだと思う。

赤ちゃんは生まれてきて、泣きたくて泣くわけではないし、迷惑をかけたくてかけるわけではない。

私の麻痺もそれと同じだ。

迷惑をかけてしまうこともあるけれど、赤ちゃんだから仕方ない。だから、変に遠慮せずに、迷惑をかける時は「迷惑かけますが、ごめんなさい、ありがとう」と言うようにしている。

私は麻痺でもしゃべれるから、その分は、人に感謝しなければと思っている。

「ごめんなさい」「ありがとうございます」と言われて、不快な思いをする人はいない。

それから、頼ることも一つの方法と感じるようになった。

人に頼らないで一人でがんばり過ぎると、かえって最終的に人に迷惑をかけてしまうこともある。

たとえば、ペットボトルのふたを一人で開けようとして、こぼしてしまえば、周りの人に迷惑をかけてしまう。

「開けてください」とひとこと言えばいい。

私はコンビニでペットボトルを買った時は、すぐに「開けてください」と店員さんにお願いする。

最初、店員さんは「え?」という顔をするけれど、「麻痺なので開けられないので」と言うと、「そうなんですね、大丈夫ですか?」と言って、すぐに開けてくれる。

「ありがとうございます」と返すと、「またいらしてください」と言ってくれる。

周りに迷惑をかけない、というのが大人の価値観かもしれないけれど、私のような立場の人間は、それに気を遣《つか》いすぎると何もできなくなってしまう。

それだったら最初からお願いして、お礼を言ったほうがいい。

できないことはできない、と声を上げることも大事。
迷惑をかけても、人に感謝すれば、大丈夫だってわかった。

15

小さな幸せを見つけて、積み重ねる

私は毎日リハビリをしている。病院に行って、動かない手や足を動かすのは、相当のストレスだ。

でも、そこで会う人に、「こんにちは」と会釈するだけでも、リハビリに来てよかったと思える。

そんな空間を自分で作りだせば、自分が楽になる。

小さなハッピーみたいな。

いつもと変わらないリハビリをやるにしても、なにか目標を決めてのぞむと、達成感がある。

リハビリには、ジャージでおしゃれをして行く。

すると周りの人に「そのジャージかわいいね」「どこで買ったの？」とか、「めずらしいデザインだね」とか言われたりする。

セールで買ったのに褒《ほ》められたときはラッキーと思う。

きっと、いつも私が挨拶したり、話しかけているから、こんなふうに声をかけてくれるのだろう。

日常に小さな幸福を見つけて積み重ねていくと、気づけば、毎日が充実している。

おわりに

人生には、突然、意外なことが起きる。
今まで想像もしていなかったこと。

決して、思いどおりにいかないのが人生なのかもしれない。

だからこそ、新しいステージに入っていけるのだと思う。
そう思うと、どんな時でも前を向ける気がする。

私が病気になってからの3年間は、
それまで生きてきた17年間と比べても、ずっと濃い時間が流れていた。

いろいろな人に会ったし、いろいろな経験をしたし、いろいろなことに気づけたし。

信じられないことがたくさん起こって、どんどん世界が広がっていった。

だから、私のこの経験を伝えることは、きっとだれかの役に立つと思っている。

きっと今も、たくさんの人が困っているし、たくさんの人が泣いているし、たくさんの人が悩みの中で生きているかもしれない。

そんな人たちのもとへ、この本が届いて、生きるヒントや、勇気をちょっとでも見つけてくれたらいいな。

最後に、私を支えてくれている家族や友だち、シスター、お医者様や看護師のみなさん、リハビリのサポートをしてくださる方々、一緒に病気を克服しようとがんばっている仲間たち、インターネットを通じて交流した方々、本を作るのにあたって協力してくださった方々、そして、この本を手に取ってくれたあなたに、感謝の気持ちを伝えたいと思います。

本当にありがとうございます。

みなさん、これからも私のサポートを、よろしくお願いします。
大好きです♪

Keep your smile　ｍｏｍｏちゃん

著者プロフィール

momoちゃん（ももちゃん）

1997年11月28日生まれ、佐賀県出身。

17歳の時、脳出血で倒れたのをきっかけに、ブログ「脳動静脈奇形脈破裂による脳出血から助かった女子高生の入院日記 :)」を始める。

現在、立命館アジア太平洋大学を休学し、リハビリに日々奮闘中。

Hair & Make
Hair Place ADDICTION

Instagram アカウントフォローよろしくお願いします♪
@momochan20150403
@momo_reha_fighting_（リハビリ専用アカウント）

Keep your smile
半身麻痺《まひ》になってしまった女の子が綴《つづ》る、ハッピーでいるための15のコツ

2019年3月15日　初版第1刷発行
2019年5月20日　初版第2刷発行

著　者　momoちゃん
発行者　瓜谷 綱延
発行所　株式会社文芸社
〒160-0022　東京都新宿区新宿1－10－1
電話　03-5369-3060（代表）
03-5369-2299（販売）

印刷所　株式会社フクイン

ISBN978-4-286-19405-9